天 山 詩選 79-1

박정희해남 첫시집(재판)

그리운, 소나비

한기 10957
한웅기 5918
단기 4353
공기 2571
불기 2564
서기 2020
돌선 天 山

그리운, 소낙비

박정희해남 첫시집

(재 판)

上元甲子
8937
+2020
10957
5918
4353
2571
2564
2020

도서출판 天 山

묶음 하나_유고 讚辭

아름다운 서정의 귀향
—박정희해남 첫시집 '그리운, 소낙비' 평설/故 壓村 鄭孔采/ 9

묶음 둘_시골법정

묶음 셋 **땅끝마을**

묶음 넷 **사랑의 그물**

차　례 ——————————————————————

묶음 다섯 꽃은 어떻게 피는가

묶음 여섯 밤낚시터

아름다운 서정의 귀향
―박정희해남 첫시집 '그리운, 소낙비' 평설

고 星村 鄭孔采

아름다운 서정의 귀향
—— 박정희해남 첫시집 '그리운, 소낙비' 평설

고 星村 鄭 孔 采
〈한국 현대 시인 협회 회장 역임〉

시가 시가 아닌 다른 모양새로 활개쳐 온 지 대충 짐작으로도 10여 년은 웃돌 듯싶다. 이 非詩的 기막힌 異常現像이 마치 새로운 知感이나 별스레 뛰어난 현대시의 典範, 혹은 시대 감각에 앞선 流線詩風 따위로 착시 착란한 지가 앞서 밝힌 '10여 년은 웃돌 듯싶다.'라는 所以 그대로, 이땅의 현대 시풍을 亂脈질해온 것이 매우 안타까운 현실이기만 했다.

비시적 야릇한 이변의 자극적 쾌감 혹은 詩想의 애매 모호한 詩想 아닌 해괴한 落句 등등으로 형성된 妙出의 새방종적 산문시 낙서 따위가 정말 건전한 시의 흐름을 암담하고 골치아프게 뒤흔들어온, 비시적 혼돈의 시대흐름은 마침내 올해(2000년 신춘) 들어 그 두터웠고 무거웠던 장막을 그런대로 희망적이라 할까, 얼추 새모습의 正統詩 경향으로 바르게 회귀하고있음을 보여주기로 해서 무척 다행스럽고 安存해드는 시의 本鄕에 새삼 안기고있는 참기쁨을 만나고도 있는 새해 첫머리의 所懷에 있기도 하다.

그런데 마침 이러한 때, 이러한 심정의 필자에게 내 오랜 제자 시인의 한 못잊을 여류 시인 박정희해남(본명 박정희·'詩鄕' 동인) 님의 한 묶음의 시다발과 함께 '선생님 건강도 힘드신데 제글을 써주심을 어찌 깊이…. 평생 간직하겠습니다. 저에겐 평생 스승님이신 선생님 건강하십시오. 날마다 기도드립니다. 꼭 쾌차하실 겁니다.'라는 정성어린 문안 편지까지 싸들고 새해인사 겸 문병을 왔었다.

11

뜻밖에 드러난 몹쓸 폐암 3기와 입원, 그래서 어려운 항암 투병에 있는 필자이지만 정 희(登林時 필명-편집자 주) 시인의 등단 15년쯤에 이르러 기어코 출간하려던 처녀시집다발과 함께 두고 떠난 편지글은 함께 온 오정말 안병애 유회숙 이영임 김 순(본명·김영순) 안미숙 김 진(본명·김진옥) 마경덕 조영수 시인('시향' 동인·필자의 제자 시인)과 조 명(본명·조필수) 시인의 깊은 마음과 함께 나로 하여금 '아름다운 병상' '기쁨의 병상'에서 마음 절절하게 시와 시인을 거듭 만나는 '아름다운 시의 꽃다발'을 이렇듯 지금 이시간까지 감사하게, 향기롭게 간직케 하고있다(어쩌면 이글-찬사-의 전제가 좀 길어지긴 했어도 필자로서는 이같은 감동의 사연을 도저히 제어할 수가 없으매 용서를 바란다.).

정 희 시인의 첫시집에 실릴 좋은 시작품들을 내내 끊음(쉼)이 없이 몇 시간을 두고 천천히 다 읽었다. 요약된 말로 해서 이시인의 이번 작품집에 실릴 시의 전체적인 느낌은 '아름다운 우리 서정시의 復歸와 이정통시의 승리 개선이다!'라는 흔쾌한 공감과 이의 당당한 表明을 내세우는 데 조금도 주저됨이 없다. 이공감의 明澄함은 아까 모두에서 밝힌 바 있는 '우리 현대시의 얄궂은 흐름 10여 년 이상'의 숨막히는 안개골짝을 벗어나고있는 새해의 상서로운 징후와도 맞물리고있는 한 '典範詩集'이 되기에, 더욱 흡족한 공감과 거듭 감동에의 아름다운 기쁨의 시의 꽃다발 자리를 갖게 해주었다.

어둠이 홀연 강을 삼키고

수심은 먹물되어 어둡다
강건너온 불빛이 물위에 흔들리고
강변따라 야광찌만 즐비하다

微動도 않는 낚시꾼어깨에
달빛이 내린다
스치는 바람이 찌를 흔든다

쪼그려앉은 사내
강물속으로 떠오르는 달이다

야광찌 하나
쑤욱 들어간다

빈낚시대에
붉은달이 물렸다

─── 시 '밤낚시터' 全文

고향집 저문날에
전화 벨 울린다
내 마른 정원에 넘쳐흐르는

그리운, 소낙비

오늘도 가슴엔 바람부는데
소리나지않는 풍금 밟으며
친정집 뒤안을
서성거리는 나

                  ——시 '바람 부는 날'에서

  우선 위의 두 편의 시를 읽으면서 필자는 많은 싯귀아래로 '——' 표지의 下線을 그었다. 바로 우리 정통 현대시가 나타내며 추구하는 '살아움직이는 운율에서 빛나고있는 주요한 시의 귀밝고눈밝은 서정 요소(Lilic Elementary)들의 공감의 바탕과, 여기서 거듭 움직여일어서는 서정 시심(Lilic Poesy)의 감동(승화)이 마냥 적중되면서 그 正鵠까지 찔러드는 詩境에 함께 잠겨들게 하기 때문'에 이기호('——')를 붙인 까닭이다.

  현대시의 서정성은 무엇인가. 못내 그냥 넘어가도 될 命題를 새롭게 짚어본다. 정 희 시인의 앞의 두 작품이 평이하게 가려는 붓끝을 고추 붙잡기, 먼저 시 '밤낚시터'에 잠시나마 함께 머물러야 하겠다.

①'강건너온 불빛이 물위에 흔들리고'

                        <

水面에 아롱져드는 밤의 불빛이 주는 이서정성은 시 '밤낚시터'의 상황을
전개시키는 첫아름다움의 서정 요소로 짜인 싯귀이다. '流燈'이라는 시어가
떠오르기도 하고, 5월 단오 무렵 창포냇물에서 칠단같은 머리를 감는 여인의
모습이 투영되고있는 듯한 연상 작용까지 불러일으켜고도 있다. '강건너온
불빛이 물위에 흔들리고'로 한 行쯤 措辭法을 써도 能足한 서정싯귀이다.

② '…낚시꾼어깨에/달빛이 내린다/스치는 바람이 찌를 흔든다'

③ '쪼그려앉은 사내/강물속으로 떠오르는 달이다'

②와 ③에서는 고운 서정의 진행을 밤과 달과 낚시꾼의 어깨와 바람과 찌
에서 무르익어가게 한다. 결국 주인공 '쪼그려앉은 사내'는 '강물속으로 떠오
르는 달'이 되어 이작품의 카타르시스(Catharsis=Katharsis) 작용을 해줌으로써
情感의 아름다운 悲感化에 이르게 해준다. 현대 서정시가 포에지의 正鵠을
향한, 깊은 의미의 推察을 노리는 알레고리(allégorie=allegory) 비유 방식 가운
데서도 으뜸으로 치는 수사법이라 할 메타퍼(Metaphor=은유 또는 암유)가 마
침내 '사내'를 '달'님으로 擬人化의 경지로 승화시킨다. 달과 밤낚시꾼의 멋드
러진 출현이요, 그 心象에 젖어드는 서정의 主役들이다.

<

15

④ '빈낚시대에/붉은달이 물렸다'

 드디어 시 '밤낚시터'는 ④에 와서 그 絶句를 드러내며 結句의 마감을 가졌다. 낚시대에 고기가 물린 것이 아니라 '붉은 달'이 페이소스(*Pathos*·정감)의 정점에서 비감한 현대 서정으로 한껏 감동을 놀라웁게 띄워준다. 저강태공의 곧은 낚싯대가 주는 故事는 이시 '밤낚시터'의 현대 서정시와는 감히 견줄 수도 없다하겠다.
 다음으로 짧은 서정시 '바람부는 날'을 작품의 짧은 성향 그대로 짧게 말해보겠다.

 ① 고향집 저문날에
 전화 벨 울린다
 내 마른 정원에 넘쳐흐르는
 그립운, 소낙비

 ②오늘도 가슴엔 바람부는데
 소리나지않는 풍금 밟으며
 친정집 뒤안을
 서성거리는 나

 위의 작품에서는 ①+②가 함께 '今昔'이라고 하는 시간의 흐름과, 그과거와 현대의 서정을 잘도 대비시키면서 시의 감동을 낳고있다. '고향집 저문날' 과 고향집에서도 울려나오는 '전화 벨 소리'가 어제와 오늘의 시공을 넘어 새롭게 서정을 아롱지게 만들면서 '내 마른 정원'(非情해가는 심정)에 아, '그리운, 소낙비'의 정감을 火急한 소식마냥 안겨들게 한다.

아울러 시인은 온갖 가치관과 삶의 존귀한 기쁨도 拜金 사상 따위 현실적 욕구의 검은 무덤을 되레 찬양하면서, 그 風潮로 바람부는 오늘날을 못내 아파하면서 '소리나지않는' 과거의 '풍금 밝으며'—이렇듯 인간 性善의 본향 '친정집'도 그 '뒤안'을 서성거리고있는 것이다.

비록 짧은 단시에 불과해도 시 '바람부는 날'의 뜻깊은 은유와 그속내(속내평)가 표출해주는 內在哲學의 아름다움은 서정시의 본디 받침대가 되는 운율(外形律이건 內在律이건)위에 꽃망울트고꽃피고 하는 우리 서정시의 귀향과 그 安着의 경계심푼 사랑과 정의 승리가 아닐 수 없는 것이다.

이는 이찬사의 앞머릿글에서 밝힌 바 있었듯이 우리 현대시의 복고적 정통성 회귀와 아름다운 서정시가 詩歌本然의 참된 현상이 마치 新風마냥 새롭게 2008년 어금해서 귀결돼 옴을 정 희 시인의 이번 시집이 뜨겁게 例証해주는 듯도싶다.

그런데 本稿가 뜻한 初心이 흔히 長文이 돼 지루한 느낌을 일으키기에 알맞은 흔한 그 '작품 해설'에 따르는 것이 아니라, 시인의 시정신과 시작품을 오로지 찬미·찬양하며 기리는 '찬사'에 있었음에도 부득불 이번 찬사에서는 거듭 두세 편의 시인 작품을 거론치않을 수 없는 自家撞着을 용납해 주시기

바란다. 서정시의 주역을 맡고있는 페이소스에서도 그핵심이 되는 悲感世界
의 아름다운 승리가 이 筆頭를 멎지 못하게 하기에….

늦가을, 경전선을 탄 여인
낙조가 널부러진 갈대밭 흔들림을 보다가
인적 드문 간이역에 내린다

첫사랑 기다리던 남평역이
불혹의 나를 덥석 안는다

꽃향기에 취한 벌
꽃사이 오가며
꿀따모으기에 잉잉대고

그소년!
내 귓가에 들려오는
맥박 수
조요히 살아난다

클로버 꽃잎따 꽃시계차고

질경이풀로 신발 만들어신고
연분홍손가락 걸었던

첫사랑!
그꽃봉오리가 봉긋봉긋하다

——시 '남 평 역' 全文

다 사랑할 수 없는 저녁어스름
가장 아름다운
옷으로 치장하고

흐려진 기억 저편
까맣게 타오르던 수줍은 사랑
불의 섬으로 흔들린다

장밋빛 축제 한 자락
베고누워
목메인 꿈을 건져올리는

내 뜨거운 노래 한 소절 한 소절
한 소절씩의 노래

노을아!

——시 '노　을' 全文

몇 시간 배를 타고온 섬노인네들
시끌벅적 야단 법석 재판이 시작된다

피고: 판사님 너무너무 억울합니데이
　　　진실을 밝혀주시랑께요

판사: 원고께서는 하실 말씀이나 증거없으세요?

원고: 아니, 증거는 무슨 놈의 증거가 필요하다요
　　　하늘도 알고 땅도 다 아는디…
　　　우리 판사님이 잘 모르는구만요?
　　　잘 모르는 갑네요, 잉- 잉- 잉…

쪽빛바다와 하늘, 저멀리
뱃고동 울리고 배가 들어오면
그물을 수선하는 김 씨가
마늘농사 짓는 노 씨에게
3백만 원을 갚지않아 생긴 시골법정 재판　　　<

난 재판이라는 창을 통해 저잣거리의
풍경을 읽고
섬, 사람들의 속내를 들여다본다

아, 언제쯤 그자리로 돌아갈 수 있을까

─── 시 '시골법정' 全文

　귀중한 문학적 年條 10유 여년을 싯적 황무지로 몰아넣은─그래서 한국 시
단을 혼미하게 퇴락시킨 소위 '미래파'를 두고 '서정의 미래와 비평의 윤리'라
는 책명으로 비평한 문학 평론가 하상일 님의 평필 "알쏭달쏭 '외계어'를 자
의적으로 해석하고 '미래파'라는 멋진 수식어를 달아주기에 분주했던 자기 중
심적 비평이 난무했었다."라는 克明한 非詩的 유행의 흐름이 종식되고있는
오늘, 우리는 서정시 본디의 시심으로 새롭게 개화 결실시키는 시편들을 정
희 시인의 상기한 세 편의 작품으로서도 흡족할 공감과 조용한 감동을 포용
할 수 있다는 것은 새삼 반가운 '시의 뉴스'이기도 하다.
　시 '시골법정'이 따사로운 사람들의 감정을 우직스런 진실로 드러내며 재판에서도 아
리따운 敍事를 꽃피우고있는 劇的 詩話는 매우 소중한 서정 사건이 아닐 수 없다.
　쪽빛남해바다와 하늘을 두고 뱃고동 울리면서 닿은 배와 섬사람들…. 시의
작자는 그냥 일반 市井(市町)의 번답한 인간 俗事로 내팽개치지않고 '시골법
정'의 한 가지 재판일을 맑은 서정심에 아름답게 담아 멋진 한 편의 서정시로

승화시켜놓고있다. 서정시가 아니고서는 시화할 수 없는 주제라 하겠다.

 '다 사랑할 수 없는 저녁어스름'의 偏向된 아쉬움을 안타까운 '노을'로 그린 이작품은 '수줍은 사랑/불의 섬으로 흔들린다'라는 심상의 高揚은 마냥 抒情 小曲으로 '한 소절'과 '한 소절'의 꿈의 노래로 익어든다. '노을아!'하고 마지막의 詠唱을 던져야만 하는 서정의 목메임이 꽃의 命運을 덮어쓰는 듯도싶다.

 정 회 시인의 서정시 세계는 이렇듯 아름다운 정감의 凱歌로 빼곡 차있다. 시 '남평역'은 간이역의 주변 풍물을 고이고이 서정화하곤, 옛사연을 새롭게 현상시켜 화안한 오늘 이시간을 아름답고도 純然스레 작동시키고있다. '정 회 시인=서정 시인'이라는 꽃의 이름을 掛冠해야만 마땅하겠다.

 우리 현대시의 아름다운 정통성 復元을 기리면서 그 뚜렷한 새획을 그어주는 정 회 시인의 시집 찬사 '아름다운 서정의 귀향'이 찬사로서는 그분량이 넘쳤기, 시집의 앞머리를 장식하려던 본래의 바람을 접고 책의 꼬리쪽에서 박수치고 갈채띄우는 수록을 바란다(고인의 '본래의 바람' 대로 '앞머리를 장식'한다.—편집인 주). 정 회 시인의 '시의 빛나는 항행' '아름다운 서정시 여정'에 늘 영광 함께 하기시를 축도드린다.

——2008년 정월 중순에
星村 鄭 孔 采 삼가 씀

시골법정

몇 시간 배를 타고온 섬노인네들
시끌벅적 야단 법석 재판이 시작된다

피고 : 판사님 너무너무 억울합니데이
　　　진실을 밝혀주시랑께요

판사 : 원고께서는 하실 말씀이나 증거 없으세요?

원고 : 아니, 증거는 무슨 놈의 증거가 필요하다요
　　　하늘도 알고 땅도 다 아는디…
　　　우리 판사님이 잘 모르는구만요?
　　　잘 모르는 갑네요, 잉-잉-잉…

쪽빛바다와 하늘, 저멀리
뱃고동 울리고 배가 들어오면
그물을 수선하는 김 씨가
마늘농사 짓는 노 씨에게
3백만 원을 갚지않아 생긴 시골법정 재판

<

난 재판이라는 창을 통해 저잣거리의
풍경을 읽고
섬, 사람들의 속내를 들여다본다

아, 언제쯤 그자리로 돌아갈 수 있을까

할머니의 묘비

충북 산골마을 독신으로 순결지킨 '고독해 할머니' 장의사에게 자신이 죽으면 묘비에 이렇게 새겨 달라 유언했다

'처녀로 태어나, 처녀로 살다, 처녀로 죽다.'

1년 후 할머니가 가시자 장의사는 비석장이에게 이묘비를 부탁했다

비석장이는 이묘비명이 쓸데없이 길다며 짧은 글로 이렇게 새겼다

'…미개봉 반납.'

호수가 아름다운 집
──포천 금주리에서

지붕위 큰해가 마당거쳐 안채로 들어설 무렵
사금들이 쌓여있는 호수로 금주리마을이 통째로 빠졌다

장마내내 자란 물풀 가운데 집들 아련아련 들어서고
시낭송 중인 햇살들이 호수위로 떠간다

가물가물 떠오르는 수련, 등 하나 밝혀두고
저마다 연등처럼 싹틔울 때

쏴아- 물풀들이 꽂여는 소리

앞마당 한 그루 앵두나무꼭대기에 저녁새 두 볼이 빨갛다
호수속에 빠져있는 내 볼도 빨갛다

5월에
──상수리나무

구름이 봄을 열면 친정집 툇마루옹이마다 물기도는 나이테 그리움,
푸른세월 펼쳐진다
봄산은 기어오르고 상수리나무에 걸린 어린신록정갱이를 드러내며
팔랑대던 계집애
나랑 같이 자란 앞산이 치마폭으로 엎어져오면 내 뒤에 들리는 보
리피리소리
아슴한 내 동산 꼴망태를 메고오는 검정고무신

소 록 도
──평화의 섬을 다녀와서

물새에게 주었나보다
뭉그러진 코를,
손가락·발가락은 파도에게 던져주고

모래톱에 손가락 하나로
사랑 찍고
야윈 꿈 한 발 찍고

아름다움조차 슬픈
사랑이 부서지는 소리
꿈이 부서지는 소리
차르르르 쏴와아…
갯내로 흩어진다

나환자를 품고사는
하얀 사슴섬,
아무일없이
태양이 떠오르고있다
소록도바다는 품바들을 품고산다

도깨비 도로

내리막길에 차를 세운다
오르막 쪽으로 뒷걸음치는 자동차
물통을 굴려봐도
언덕을 거슬러거슬러 오른다

궁합이 잘 맞아야 언덕을 반대로 오른다는
도깨비 도로
제주시 노형동 289-15
무수히 속고속는 내리막이 오르막으로 보이는 도깨비 도로

젊은 날로 돌아가고파 길위에 누웠다
꼼짝하지않는다
욕심이 너무 무거워서 탈이다

당   신

달을 보며 출근하는 넥타이가 되어
책상위 볼펜 한 자루되어
조간 신문이 되어
포장 마차 파란소주병되어
말 못하는 가슴속과 구경가고싶어
달이 살그머니 창문을 엿보고있어
불빛 넥타이가 장롱속에서 스르르 풀려내릴 때
나는 그대 뒷모습을 바라보며
자는 척 눈을 뜨지않는다

외할머니 레퍼토리

따르릉따르릉
오냐, 니 소리 들으니 반갑다잉-
김 서방도 우리 강아지 덕경이도 잘 있지야
내사 느그들 덕분에 밥 잘 묵고 잘 산다야
내 걱정일랑 말고 느그들 몸들이나 성커라이

아야- 잊어뿌지 말구 꼭 부디 성공하그라잉-

반갑데이, 니 소리 들어서
그럼, 전화세 나가니께 끊거라이

뚜- 뚜- 뚜-
할머니 할머니
뚜- 뚜-

1백 2세 외할머니*는
환한 햇살만큼 목소리도 활기차다
몇 10년 똑같은 레퍼토리다

      *외할머니 : 아직도 정정하심(1백 2세임:초판 때.).
      *외할머니 : 1백 5세로 돌아가심(재판 註임.).

낡은 거울

자루가 부러진 40년 훌쩍 넘은 손거울에 할머니 얼굴이 뿌옇게 비쳐오면

호수마냥 말갛게 떠오르는 저편 물속에서 연줄연줄 떨며 일어서는 거울속 나를 본다

거울아, 할머니 예순 살 내 나이 아홉 살로 돌려주렴

굽이 돌면 거기 또 내가 살던, 한나절 허공에 걸린 꿈이 꽃핀다

물물에 잠겼다 떠오르는 얼굴 금방 튈 것같구나, 별과 달 아홉 살 소녀로

그림편지

아주 먼옛날
글 못 배운 두 형제가 있었다

시골 동생이
도시 형에게 쓴 편지

소소소소소
소소소소소
말말 말고
소소소소소

소 다섯 마리
또 소 다섯 마리
그리고 말 두 마리
또 소 다섯 마리를 그렸다
어머니가 편찮으셔서 위독하다는,

'오소 오소 두말 말고 오소'

한겨울 나무둥치

40여 년 전 연곡리 방 한 칸에 모인 다섯 식구의 겨울밤
커다란 나무 몇 둥치 이불로 가린다
아랫목은 내주고 윗목에서 쪼그려앉아 밤을 지새운 4남매
순사가 나타났다는 말에 숨조차 쉴 수가 없었다
집채를 흔들던, 꿀꺽 침삼키는 소리
갈퀴나무사이에 생솔가지 끼워넣어 땔감 팔아 하루하루 살았던 내
엄마
철없는 막내동생이 '왜 나무를 아랫목에 숨겨.'할 때마다
엄마의 한숨소리 대문밖으로 튕겨져나갔다
그럴 때마다 4남매 조용히 엄마얼굴만 쳐다보다가
다음날 나무둥치 몇 개씩 우리들 자리를 대신했다
우리가족 살아가는 목숨줄인 것을
나중에야 알았다
들로 바다로, 산중에도 밤중에도 엄마는 길을 내었다
4남매 다 품에 꼭 안은 7순 노모의 반쯤 감은 눈속에 순사가 보인다
나뭇단이 보인다
보름달이 귀를 세운다

행글라이더

산모퉁이에서 자유를 펼친
양 날개
수평으로 중심을 잡아라
공중에도 길이 있다

날기는 날되 함부로 날지않는 그

하늘끝자락 날개짓하며 금빛햇살 휘젓는 새소리
바람소리 가볍다

하늘에서 깊은 바다의 바닥을 본 적 있는가?
구름위에서 저하늘의 다락을 살펴본 적 있는가?

새가 되고싶어 더 높이 날아오른다

어느 노부부

시장 입구에 오래된 트럭 하나
뻥튀기 한 봉지에 천 원,
살랑거리는 바람에 춤추는 종이간판아래
노부부 두 손에 김이 폴폴 나는 '사발면'
후후 김을 불어내며 나무젓가락에 둘둘 말아
서로서로 권해가며 설레설레 손사래까지

트럭 하나만 있어도 행복한 노부부
천 원과 바꾼 뻥튀기 한 봉지가
참 따뜻하다

태 양 초

오늘도 몇 번이나 자리를 폈다거두었다 묘기를 부린다
비가 오락가락하나보다

등뒤에 흥건한 땀 태양 열기로
할머니가 검붉은 태양초로 변해간다
할머니는
태양과 바람에 잘 말려 착하고좋은 사람으로 만들 수 있을 것같다
내일은 내 돈떼먹은 김 씨마저도 태양아래 잘 말려 달래야지

헤진 밀짚모자사이 드러난 허연 머리위로
고운 태양 한줌 쏟아진다

땅끝마을

굽이굽이 황톳길 송호리 땅끝에 왔다
잠시 그늘에 눕자 바람은 나뭇가지에 떨어지고
간간이 土末 노래 시원하게 불어온다
사자봉 전망대에 오르자 물마루에 누워있는 섬·섬·섬
완도·흑일도·보길도·노화도…
갈매기죽지에 잠시 가린 다도해
섬들은 목만 내밀고 바다에 잠겨있다
푸른바다 한 쪽 귀에 흰수건 두른 불혹의 바다새
하얀죽지로 그물깃 건져올리고 있다
등뒤론 노을물결 업고 울컥,
수묵화속에 나를 넣어 그린다

바람부는 날

고향집 저문날에
전화 벨 울린다
내 마른 정원에 넘쳐흐르는
그리운, 소낙비

오늘도 가슴엔 바람부는데
소리나지않는 풍금 밟으며
친정집 뒤안을
서성거리는 나

201호의 하루

드르륵드르륵 졸린 눈 치켜뜬 채 라디오 볼륨을 키운 그녀가 끝내 자정을 박음질한다 밤과 낮의 삶을 이어붙여 소매를 달고 실밥을 뜯어내면 빗줄기가 쏟아지는 원피스 눈꽃이 활짝핀 투피스 뚝딱 옷 한 벌같은 하루가 완성된다 딸아이 흰웃음살 한 살을 깁고 희비 열 살을 박음질해온 다운엄마 한 땀 한 땀 촘촘히 시그널 뮤직을 박는다 오늘도 내일도 드르륵드르륵…

강가에서

벼랑끝에 그대로 서있고싶다
안개 몰려와 휘감아도 눈뜨고 눈먼 듯 서있고싶다
한 치앞 보이지않아도 산을 안고 흘러가고싶다
모랫바람 물살처럼 떠밀려와 아래로 아래로 흘러가더라도
벼랑으로 내몰린 어둠이었던 네가 스스로 갇힌 외로운 섬 하나
내가 열리질 않는다
내 마지막 중심이 강가에서 흔들린다

빈집의 발자국

 우체통이 울었다 먹구름 가득 덮인 빈집에 발자국소리만 보탠 허리
굽은 강 씨
 반쯤 기울기 시작한 지붕
 빼앗긴 뜨락에 산마루 걸린
 해가 노을엎어 눕는다
 깨져누운 장독속 이끼로 돋아난 박꽃은 모락모락 피어나고
 끝내 편지는 오지않았다
 우엉우엉 울기 시작한 뒷마당 새암속 달만이 그녀와 같이 산다

사랑의 그물

그곳 주상절리에선 새하얗게 부서지는 포말속 첫사랑 갯비린내가 난다
막혔던 가슴 탁 트이고 용솟음치는 파도앞에선 목청껏 그이름 불러
본다
겹겹이 병풍처럼 펼쳐진 바다 검붉은 6모꼴 돌기둥은 뉘첫사랑을 내
려치듯 친다
불러도 파도와 같이 왔다가는 이름
주상절리 그곳을 생각하며 꿈에라도 환히 생각만 깊어져오고 새하얗
게 부서지는 포말속 첫사랑 갯비린내나는
빈그물만을 던진다

졸업 선물

초·분·시 겹쳐 하나 된
열두 시 정각 졸업식,
초는 금
분은 은
시는 구리라 한다

편지 한 장 손에 든 아들
시는 금
분은 은
초는 구리 아닌가

초없는 분 어디 있고
분없는 시간 어디 있냐며
아들손목에 시계를 꼬옥 채워준다

'1초 1초 아껴가며
살아야 한다.
초가 세상을 변화시키니라.'

닫힌 마음 열어주는

젖은 편지 한 장,
시계 선물로 아들가슴을 꼭 채운다

탑동리 기억

해남 '대흥사' 기슭 돌탑 하나 서있는 외가댁 탑동리 옛집터 찾느라 한나절 다 보냈다

흑백 필름 속 처마끝에서 그리움이 흔들린다 동네 가운데 천 년 묵은 느티나무에 스치는 바람—내 유년을 지키는 검정고무신만 빤히 보인다

누군가 갈래머리소녀를 기다리고 있을까 옛길 더듬으며 마을어귀를 서성거려 본다
그밤 탑이 되어 별을 찾는다

저녁식탁

봄산은 숨소리만 듣고있다
초록 성큼 다가온 쑥
된장국 끓여 비릿한 고등어 한 손
두부김치앞에 올려놓고
세 식구 모여 주저리주저리
쑥국쑥국 떠드는
며느리고개와 쑥고개
훅, 비린내 난 고등어
하루 일과 보고받는 저녁식탁
웃음꽃 핀
축복으로 닫는 내리다지 하루
사랑이어라

서른의 가을
──단 풍

　창가에 하늘하늘 움찔대는 넌 잎과 줄기 어찌 그리도 아름다운가 향기 그치질 않는 붉은 단풍 넌 누군가 내 마음 자꾸만 아프게 하며 옷깃 눈물 적시게 하고 가을 서풍 한바탕 찬서리 스쳐가 시들어버리면 그만 나도 누군가의 발등을 적신 적이 있다

메밀꽃밭

유난히 밝은 달빛아래 메밀꽃
필랑말랑 온통 꽃잎 열고

떨리는 두 눈빛 마주침 두려워
눈길 먼 곳 둔 채 별닮은 메밀꽃 밭둑길
뚜벅뚜벅 걷는다

어쩌면 내일즈음
아침햇살에
문득 메밀꽃 피어있을지도 모른다

하얗던 두 볼 발그레 물들 때
연분홍 타는 입술 꽃위에
수를 놓고 주인공된 너

불현듯 뒷짐 진 사람아,

변   신
——드라머를 보며

　가끔씩은 묵은 때를 벗듯 일상을 벗어던져버리고는 새롭게 일어서고 싶다 이제껏 해오던 일, 혹은 시마저 버리고는 익숙한 것으로부터는 얼른 벗어나 두려움과 설렘으로 기쁨 안겨줄 사람들 한가운데로 천천히 빠져들어가버리고싶다 행여, 누가 나를 봤다면 소문 내지 말아주시고 곧 다시 살아나 사랑 찾아 금방 올 거라고 아뢰주시고… 그러자 지금 문득 드라머 속 나로 다시 변신해본다

습새의 사랑

습새 두 마리가 섬 하나 입에 물고 바다위에 푸른꿈 펼치다 제풀에
놀라 갈빛나래 퍼덕인다

호시 탐탐 노리던 눈먼 사랑의 습새, 고요한 은빛사랑 턱셈한다 푸
른 멍든 채 양팔벌린 바다를 향해

달팽이가족

바람이 휩쓸고 간 습기마른 저녁
밤마다 둥둥 쟁탈전이 벌어진다
리모컨 하나씩 제집속 자리잡은 달팽이가족
함께인 듯 홀로인 듯 남겨진 건 깊은 그믐뿐,
한자락 스며든 달빛, 적막 강산 유리창에 머문다

부 재 중

　햇빛 카랑카랑한 오후 오피스텔 '1001'호에 전화 벨만 울린다 불러 대답도 함직한데, 창문사이 명지바람 불어오고 수사는 생략한 채 쓰다 만 그녀의 시, 가슴밭을 밟고지나간다

　밤새워 퇴고를 끝낸 한 줄의 시−간결하지만 깊이있는 한 줄 시다 에이포(A4) 용지속이 묵언으로 다 젖는 구절이다 어깨를 툭 치고 떨어지는 나뭇잎마저 아픈 구절로 허공을 맴돈다 가슴 터엉 빈 그녀는 낮달, 오늘도 부재 중

아 버 지

겨울도 몸져눕고 달빛 홀로 깨어난 밤
모퉁이 돌아 저벅저벅 오신 아버지
그 어디에도 그림자 없습니다
잔등에 무등타던 일곱 살 계집애
기억 사라지고
고물고물 4남매
이마 흰 노모와 제사상 올립니다
옛얘기 차곡차곡 유과 한 접시
힘겨운 삶, 숨결넣어 끓인 탕 한 그릇
생전에 쓰신 당신의 일기장
장롱속에서 빼꼼히 우릴 지켜봅니다
떠돌이 별 잠재우고
홀로 뜬 침묵의 눈,
그리움 동촉 밝혀
고향 산천 꿈속에라도
푸른빛을 뵈올런지
오늘은 뵙고싶습니다
울아버지

전동차안에서

　한가한 오후 안산행 전동차안 창밖은 아슴아슴 봄비 내리고 지친 여정 풀어놓다가 깜박 잠이 들었다 천방 지축 조카 태경이 얄미운 개구쟁이 전동차안이 들썩들썩 야단 법석이다 한 남자는 눈살을 찌푸렸다 이를 아랑곳하지않는 조카 — 화가 난 여동생 큰소리로 야단친다 '태경아, 엄마가 제일 싫어하는 사람이 누구랬지?' '응, 아빠.' 동생은 조카 태경이 머리를 쥐어박으며 홍입술을 강하게 깨문다

보길도의 비밀

　땅끝 파도타고 그섬 여름을 만났다 차르륵차르륵 돌이 부딪히는 소리 얼마나 부대꼈으면 저리도 고울까 공룡알같다 묵선한 채 그림자 일렁일 때 보길도의 밤은 조용히 깊어간다 약속한 첫사랑, 별이 떨어져 발등에 박혔다 핏빛동백꽃 널브러진 공룡알 해변에서

팽이장수

사당역 지하철
늦은 시각
작은 키에 안경쓴
눈이 마냥 착해보이는 아저씨

큰가방 풀더니,
자, 승객 여러분··· 팽이아저씨
잽싸게 두 개의 팽이를 꺼내 힘껏 돌린다
선뱅이는 반짝반짝 빛을 내며 돌기 시작한다

앞좌석 술취한 아저씨는
냅다 구둣발로 면벽을 걷어찬다
밖에는 아직도 주룩주룩 비가 내리고

팽이들은 4방으로 튕겨지며
죽을 때까지 팽팽 맴을 돈다

옆에서 물끄러미 바라보던 젊은이는
팽이 하나를 사주며
'팽이 하나 팔면 몇 푼 남누, 쯧쯧.'

안쓰럽게 쳐다만 보고있다

팽이처럼
다음 칸으로 가서도 맹 돌아가고있다

리 어 커

가파른 송천동골목
바람차고 쓰디쓰다
마른 생활속에 묵직한 돌덩이
먹장가슴 측은케 쓸어안고
흰피거품을 뿜어내며
바닥을 기어가는
가는귀먹은 8순할매
보는 것조차 미안해라
밀어주는 것조차 측은해라
삶앞에 세상 파란을 전부 걸고
곰실곰실 밀고가는 저참혹한 리어커
지하방에 가둬둔 마흔셋 정신 지체아들
저녁끼니 채우느라 힘줄같은
파지 몇 장에 그 어디 한 줌 서글픔도 없이
습한 땅에 입술을 문지르며
붉은 노을에 얼굴 숨긴다
할매 대신 기꺼이 울다간다

늙은 시계 수리공

남대문 시장 골목
시계 수리점 '남일사',

툭 불거져나온 개구리눈 시계 수리공 김 씨
한 평 골방이 돋보기를 썼다

똑딱거리는 시계소리에 7순을 훌쩍 넘기고
고장난 시계를 오늘도 만진다

참 많은
낡은 시계들이 꼬리표를 달고
먼지속에 걸렸다

고장난 시계들이 김 씨를 고친다
목숨줄 늘인다

시방도 어떤
시계줄 한 가닥이 그를 꼭 잡고 있다

꽃은 어떻게 피는가

고요한 거울,
마침내 동백나무에 불꽃이 튄다

남해의 푸른바다가 빨갛게 물들어
떨며 열리는
작은 면경 세계

이른잠에서 깨어난 아침해
일제히 터트리는 함성
물결따라 꿈틀대고

황홀한 절정으로
내 거울을 밝히는
동백·동백꽃

산 그리고 바람
──山　影

산정수리에서 시작되는 아침
기지개 켠다

산허리 감고도는 나무들의 입김

계곡을 따라 걷던 바람이
산으로 간다
바람에 그리는 산그림자

눈웃음치는 물살위로
허약한 햇살 누울 때
구름 걷히는 산아랫마을

속살비치는 호숫가
아름다운 집 한 채 뜬다

벌써 그리움을 머리에 인
저녁노을이 타고
바람 한 폭 그림그리는
산그림자

양 수 리

강촌의 물살 가슴에 와 안기는 오늘
그리움 하나 데불고
이곳에 와서야 싸왔던 울음을 푼다

물결도 옷고름을 풀고
오래도록 울었다

하늘마저 내려와 늦도록
출렁출렁 가슴치는 양수리의 밤

노을속 울고있던 누군가
잠들지 못한 강옆구리에
함께 누운 이

두고온 강물은 노을속에서
지금도 울고 있을까…

휴대 전화가 불타고있다

민들레꽃씨들이 메시지를 쳐댄다
흩날리는 씨앗
하늘에 흩어진다

거리에 쏟아지는 신호탄

보관된 편지 삭제 중
민들레가 몸을 턴다

다시 너에게
메시지,
메시지가 날아간다

사서함, 보관된 편지 다섯 개
후두둑 피는 한 무더기 민들레꽃
문자가 떴다

방금 도착한 너의 꿈을 접수한다

밤낚시터

어둠이 홀연 강을 삼키고
수심은 먹물되어 어둡다
강건너온 불빛이 물위에 흔들리고
강변따라 야광찌만 즐비하다

微動도 않는 낚시꾼어깨에
달빛이 내린다
스치는 바람이 찌를 흔든다

쪼그려앉은 사내
강물속으로 떠오르는 달이다

야광찌 하나
쑤욱 들어간다

빈낚싯대에
붉은달이 물렸다

갯 벌

울엄매는 바다에서 살았네

마을앞바다
갯벌에 발을 묻고 엎드려있었네

갯벌을 뒤지는
호미가 된 울엄매손을 보고
해오라기 날아가며 낄낄거렸네

해를 바다에 묻은 후
철거덕 지고온 망태기엔
별무더기가 쏟아졌네

비릿한 갯벌냄새에
바닷소리가 적힌
울엄매의 옥양목적삼

슬픈 달빛
―마흔에 길떠난 흥태

무명초 끄나풀에 매달려
어둠으로 지는 가랑잎

황톳길 부여안은 달빛에
떨어지지않는 발걸음
새벽별은 눈물겹다

아린 눈길로
바라보아야 하는 하늘이
오늘은 유난히도 푸르다

꽃길 밟으며 걸어가다가

선잠에 빠진 달빛이
바다 깊이 잠들 때까지

바람따라 멀리 가버린 친구 흥태야
마흔에 슬픈 별이 된 흥태야

깨진 항아리

눈시린 옥빛5월아래

깨진 항아리속 햇살 하나
집짓고 누웠다

바람을 게워내던 항아리
구름 뒤척일 때마다
하늘에 낯을 씻고

깨진 밑둥치에 짓눌린 풀
햇빛에도 손흔드는
따순 정

난 그옆에 누워
손뻗어
햇빛 한 웅큼 쥔다

두물머리

두물머리 늙은느티앞에
사랑 하나 후두둑 떨어질 때
강줄기 바람을 밟고오는
불그림자 염통을 찌른다
꺼멓게 삭아내린 가슴팍으로
강허리 가르는 강물로 뒤섞인다
홀로 배회하던 조각달
물안개 헤집고 불현듯
지워지지않는
허공에 걸린 그림자 하나
중년의 날개 깁느라
뜬눈으로 뒤척일 때
달을 안은 강물은
거기, 그대로 푸르렀다

봉평 5일장

봉평 메밀꽃향
야윈 햇살타고
노점상 천막에 매달린다

사람들 틈새를
이리저리 비집고 바람은
올챙이국수집에 머물고

어물전 비린냄새 맡으며
무쇠 팬에 척척
메밀전병 뒤집는다, 아낙네

시장 사람들
마음비우는
국밥 한 그릇

소박하고 옹골찬
봉평 5일장

코스모스

무르익은 가을 한 페이지
저들판을 흔들고

코스모스
꽃잎마다 투명한 수채화
가을길이 수줍다

붉은이마에 싸늘한
달이 서린 밤이면

너 한 잎 나 한 잎 사랑따던
차라리 올 수 없는
아득한 이별

소 나 기

묵혀둔 말
풀어놓고싶을 때 있다
싹 씻어버리고싶은,
거친 이별판

가끔 사람사는 마을의 범람을 꿈꾼다
해와 달도 씻어 헹군 물벼락의 내막
어디쯤 사내아이 그림자 하나 걸어나와
여우비로 지나간다

고운눈 감았던 달님이 떠오르며 웃는다

겨울바다

샐녘바다 더딘 해돋이를 기다리며
문득 꿈을 꾸며 산다는 것을 생각해 본다

내 가슴팍 빈틈을 그토록 밀어내며 출렁이던
숨어있던
불짐승

은빛 구름송이 두엇
해평선위에 떠서
해맑은 수채화를 그리던
겨울바다는
드디어 시를 쓰기 시작했다

아무도 닿아보지 못했을 저시간속으로
노를 저어
한겨울을 건너가는 나의 바다

노숙자의 하루

숨구멍 찾아 긴시간
전동차를 타고나온 한 남자,

영등포역 구내에서
불청객으로 입소한다

시멘트 바닥에
엇비슷하게 누워 반쯤 눈뜨고
신문 두 장으로 몸을 숨긴다

묵은 세월 근심 쌓인
어깨위로
외줄기 어둠이 내린다

다 떨어진 운동화 한 짝에
등짐진 달팽이 저남자,
어디서 본 듯도하다

전철역 입출구는 희미하게도 형광불빛으로 지워져가고
때마침 붉은 비상등이 하나 켜진다

우 포 늪
—— 연 인 들

초닷새 눈썹달이
밑그림자로 어린 우포늪

길위 연인들은
눈썹달과 눈을 맞춘다

고개 내민 수련꽃이
출항을 꿈꾸는 늦여름밤이다

밤마다 둥둥거리던
단 나흘간의 사랑,
달각달각 수면위로 걸어나온다

70만 평 우포늪에
그림자사랑 허깨비로 돌고
늪위에 뜬 눈썹달은 어둠을 가른다

증도 염산마을

까맣게 변색된 치아를
살짝 내보이는7순 할아버지는
증도 염산마을을 지키느라
삶이 소금에 절여있다

햇빛 강한 한낮 땀 한 됫박
할배 노래 한 됫박
큰숨 들이쉬고는
눈물 한 됫박

천일염, 햇빛 카랑카랑, 바람땀이
순백꽃으로 피어난다

피곤한 해가 서쪽으로 얼굴 숨길 때
해넘이 따라가다 지쳐버렸다
여기 소금처럼 절여져
증도에 머물까

서해에서

하늘바다 끄트머리
초록물풀 뜯는 아가미들,
갈매기떼 바람되어 우짖는다

무슨 사연 하 많아
저리도 섧디섧게 흐느낄까
저 건너 우뚝 선 바위도
어둠발 뒤집어쓰고 숨죽여 흐느낀다

오늘 서해바다도
사내울음으로 곤두선다

산은 귀를 닫고
—— 푸른 억새

화왕산 한 점 구름이었을 때
문득
가슴 파닥이는 새가 된다

적단풍에 아롱진 그늘로 접힌 나

벌거벗은 등 떠밀린 골짜기에서
어깨 낮춰 산을 내려오는 마음을 알기나 할까

산은 귀를 닫고 혼불로 타고있다
발밑에서
다시 일어서는 푸른 억새를 본다
          *보리수에서 화왕산 오르다 도중하차 하면서.

성산 일출봉

실뿌리 두 눈 비벼뜨고
검푸른 바다 육지를 삼키고있다

휘익휘익 처연한
해녀의 숨소리
일출을 꿈꾼다

바다밑 끝간 데서
설움 잠기는 마음
잠수로 외로운 노래
부를 수 있을까

사랑이 썰물처럼 빠져나간 뒤
널브러진 너를 건진다

아픔딛고
화살처럼 꽂혀드는 불꽃사랑
성산 일출봉에 정박한다

벚　꽃

달력 한 장 뜯고보니,
봄햇살은 어디론가 떠나고
머리를 산뜻 자른 날
자전거 탄 봄처녀
화사한 벚꽃으로 낯을 씻는다

하늘하늘 꽃잎, 봄향기 온몸 느끼는 하루
'꽃편지 써서 보낸다면 받으시겠어?' 벚꽃 부드러운…

비가 오는 지금

내가 걷는다 쏟아지는 빗줄기사이 떨어진 슬리퍼 위로 빗방울은 튀고,어딘가 저만치 비옷을 걸친 사람있을 것같아 젖은 마음을 하고 마중나간다

빗줄기속 들려오는 소리없는 메아리 소리없는 그리움 비와 함께 마중나간 긴기다림, 긴그림자

동 창 생

'반갑다 친구야'라는 티뷔(TV) 프로그램을 보다가 교가를 불러본다

'달마산 5색 병풍 구비쳐놓고
비조봉 나는 새는 즐겨 춤춘다.
50년 이어받은 찬란한 역사
받들어 빛내보자, 우리 현산교.'*

야야, 이제 50년이 아니고
90년 전통이다야, 90년,

왼쪽가슴 이름표밑에 하얀손수건 날리던
그때가 그립다야, 응…

담임도 없는 불혹
끄트머리에 서있는 우리는
친구야, 반갑다

*현산 초교 교가. '달마산 5색 병풍… 우리 현산교'까지.

근적마을에서

삼척시 근적마을 산중턱 백 년 훌쩍 넘긴 오두막집
시름과 조바심을 버리러 자주 찾아온 나를
물박달나무가 반겨주고
오늘도 메주를 말리느라 노부부 손 분주하다

구름 몇 점 앞서거니뒤서거니 하루가 또 가면
긴긴밤 지새운 할머니
도시로 떠난 아들과 손주들 못 잊는 굴뚝엔 연기만 자욱하다

밭고랑 하나에 기다림도 한 이랑
노부부 이마에 패이는 밭고랑에도
가끔씩 출몰하는 토끼 한 마리
비탈밭 쟁기질로 하루를 시작하는 산골 노부부

유채꽃사랑

추억끝자락에서 한바탕 바람이 불면 까실한 이파리속에 꽃무더기로 피어 해를 바라고 달을 바라며 그모습 노란 기다림으로 피어 목이 맵게 싸아하다

어느 늦봄 내 마음 돌아보면 자꾸만 이제 지쳤다며 소리조차 없다 더 많은 시간을 누구에게 물어야 하는가보다 지난 계절을 긴기다림 안고 유채꽃 핀다

〈한 · 영 대역시 · 1〉
노　을
Glow In the Sky

〈한 · 영 대역시 · 2〉
남 평 역
Nampyeong Station

〈시　조〉
정동진 파도

시인의 말/ '…이시대의 문학도 3퍼센트의 소금 역할을 했으면…'

노 을

다 사랑할 수 없는 저녁어스름
가장 아름다운
옷으로 치장하고

흐려진 그림자 저편
까맣게 타오르던 수줍은 사랑
불의 섬으로 흔들린다

장밋빛 축제 한 자락
베고누워
목메인 꿈을 건져올리는

내 뜨거운 노래 한 소절 한 소절
한 소절씩의 노래
노을아!

Glow In the Sky

The evening glow, which I cannot love fully,
dressed with
most beautiful garment

Beyond the fainted shadow
my bashful love that has been burning black
is swaying in the island of fire

Lying on the hem of
rosy festival
taking up the sobbing dreams

One line and one line
the lines of my burning song
you, glow in the sky!

<한·영 대역시·2>
남 평 역

늦가을, 경전선을 탄 여인
낙조가 널부러진 갈대밭 흔들림을 보다가
인적 드문 간이역에 내린다

첫사랑 기다리던 남평역이
불혹의 나를 덥석 안는다

꽃향기에 취한 벌
꽃사이 오가며
꿀따모으기에 잉잉대고

그소년!
내 귓가에 들려오는
맥박 수
조요히 살아난다

클로버 꽃잎따 꽃시계차고
질경이풀로 신발 만들어신고
연분홍손가락 걸었던

첫사랑!

그꽃봉오리가 봉긋봉긋하다

*남평역 : 전라도 나주옆에 있는 간이역.

Nampyeong Station

Late Autumn, a woman on the Kyeongjeon line
watching the field of reeds that the sunset lies down
gets off at an unfrequented small station

Nampyeong station which used to waiting the first love
gladly embrace me of age of forty

When the bees,
fascinated with fragrant,
are buzzing around the flowers gathering honey,
the Boy!

Pulses
at my ear
breathing silently

With the floral clocks of clover flower around our wrists,
with the shoes made of plantain on our feet,
had linking azalea colored fingers each other

<

The first love,
their buds are in blossom

       *Nampyeong Station : A small station in Naju, Jeolla-do.

<시 조>
정동진 파도

천하가 다 내 것이라네, 동해의 파도소리
할퀴고 부서지는 분노의 이랑마다
비릿한 아침햇살에 앞다투어 반짝인다

시끌한 여름 한철 신명났던 모래알도
저마다 제자리 찾아 일제히 명상한다
인간사 물거품이라 이르네, 저동해의 파도소리

하찮은 것 버려두고 바둥대는 일상에서
저만치 비켜서서 돌팔매 날려보면
동해의 저파도소리 갈매기떼 몰고온다

'…이시대 문학도 3퍼센트의 소금 역할을 했으면…'

소금 3퍼센트가 바닷물을 썩지않게 하듯
이시대 문학도 3퍼센트의 소금 역할을 했으면 한다.
나는 그자리에 서있고싶다.
소리나지않는 풍금 발판을 밟으며
조그만 진동조차 한 음씩 한 음씩 누를 때마다
찐득한 진 모아 속으로만 삭혔던
정겹고구수한 나만의 언어로
모든 사람들과 함께 하는 詩….
나는 욕망한다!
일상의 차디찬 언어,
소리없는 언어로 부대끼다,

일상을 감꽃처럼 싱그럽게 클릭하고싶다.
심상의 가장자리로부터
삶, 자연의 초록빛언어가
세상밖으로 어슴어슴 걸어나온다.
이런 날들이 이어지면
鄭孔采 선생이 한없이 그립다.
나를 아는 모든 분들에게
고개숙여 감사 인사를 드릴 때
2010년 여름밤
별빛은 총총하다.

──2010.한여름밤 도봉아래 '꿈의 숲' 수림채에서.

박정희해남
〈본명 · 박정희〉

박정희해남—약력

· 1960. 전남 해남 출생 · 본명 박정희.

· 1999. 제33회 '自由文學' 신인상 시부 당선(필명 · 정희).

· 현재 · 한국 문협 국제 문학 교류 위원 및 이사 · 국제 *P.E.N.* 한국 본부 이사 · 한국
  自由文協 이사 · 한국 현대 시인 협회 이사 · '시향 동인'(1999.~현).

· 첫시집 '그리운, 소낙비'(2010. 도서 출판 天山)/첫시집 '그리운, 소낙비'(2020.재판. 도서 출판 天山).

· 제10회 '自由文學賞' 수상.

· 한국 현대 시인 협회 특별상 수상.

· 주소 · 01231 · 서울시 강북구 월계로 37길 43(꿈의숲 수림채@). 801호(010-3282-5873).
    · top6660@hanmail.net

天 山 詩選 79-1

4343('10). 9. 10. 박음
4343('10). 9. 30. 펴냄
4353('20). 3. 20. 재판 박음
4353('20). 3. 30. 재판 펴냄

박정희해남 첫시집/재판

그리운, 소낙비

지은이 박 정 희 해 남
펴낸이 申　世　薰
잡은이 신　새　별
판본이 辛　宙　源
판든이 신　새　해
판편이 金　勝　赫
펴낸데 도서출판 天 山

등록 1991.10.31. 제1-1269호
04623.서울 중구 서애로 27(필동 3가) . 서울 캐피털빌딩 302호
('自由文學/도서 출판 天山)
전자 우편 · *freelit@hanmail.net*

ISBN 978-89-85747-92-9 03810

☎02-745-0405 Ⓕ02-764-8905

*잘못된 책은 바꿔드립니다.

값15,000원

112